CW00966209

© 2023 by Tina Chwala

All rights reserved. This publication is protected by Copyright, and permission should be obtained from the publisher prior to any prohibited reproduction, storage in a retrieval system, or transmission in any form or by any means, electronic, mechanical, photocopying, recording, or likewise.

Published by Eifrig Publishing,
PO Box 66, Lemont, PA 16851, USA
Knobelsdorffstr. 44, 14059 Berlin, Germany.

For information regarding permissions, write to:
Rights and Permissions Department,
Eifrig Publishing,
PO Box 66, Lemont, PA 16851, USA.
permissions@eifrigpublishing.com, +1-888-340-6543

Library of Congress Cataloging-in-Publication Data

   Chwala, Tina, Lesedi die kleine Elfe und das große Licht, written and illustrated by Tina Chwala

p. cm.

Paperback: ISBN 978-1-63233-192-2
Hardcover: ISBN 978-1-63233-193-9
Ebook: ISBN 978-1-63233-194-6

[1. Elves - Juvenile Fiction. 2. Self-esteem - Juvenile Fiction.]

I. Chwala, Tina, ill. II. Title

27 26 25 24 2023

5 4 3 2

Printed in Europe on recycled acid-free paper. ∞

Lesedi

die kleine Elfe
und das große Licht

geschrieben und illustriert von

Tina Chwala

Eifrig Publishing LLC

Berlin Lemont

Danke!

Meine tiefste Dankbarkeit gilt allen Menschen,

die in mein Leben getreten sind und mich

berührt, inspiriert und erleuchtet haben.

T. C.

Leuchten, dachte Lesedi bei sich….. *das ist die Aufgabe, die ich als kleine Elfe machen soll? Das ist keine Schwerstarbeit,* überlegte sie weiter und hätte am liebsten gleich etwas ganz anderes angefangen.

Jetzt, wo sie auf der Erde helfen durfte, wollte sie wirklich sicher gehen, auch das Richtige zu tun.

Sie hatte schon sehr viel über die Blumenelfen gehört,
kannte die Wurzelkinder und liebte es mit ihnen zu spielen.

Vor allem wusste Lesedi, dass die Menschen an das Wirken dieser Erdkräfte glaubten. Sie sah es in den Augen der Kinder, die die Blumen bestaunten und ruckzuck vom Zauber der Natur ergriffen waren.

Besonders die Pusteblumen hatten es Lesedi angetan, denn sie mochte es, wenn die Schirmchen von den Menschenkinder fortgepustet wurden und Ihnen ein Lächeln ins Herz zauberte.

Außerdem genoss die kleine
Elfe die Farbenpracht der
Blumenwiese....

...und das saftige Grün in den Wäldern.

Hier bin ich richtig,
dachte sie sich, blieb
eine kurze Zeit, half auch
gerne mit und wollte
sich gerade ausruhen.

„Du machst das hier sehr gut", sagte da die innere Stimme der Elfe – „doch du bist nun mal für das Leuchten gedacht!"

Leuchten ... fiel es der kleinen Elfe wieder ein und sie verabschiedete sich von den Erdgeisterchen, einem freundlichen Gnom und allerlei Naturwesen.

Wo finde ich das Leuchten? Vielleicht im Wasserreich bei den Nymphen?
Herrlich erfrischend und erquickend kann eine Quelle sein. Lesedi dachte an den
Sonnenuntergang der sich im Meer spiegeln konnte, an das Glitzern der Wellen und
das Licht in den Augen der Menschen, die das Meer beobachteten.

Mutig fragte sie deshalb bei den
Wassergeisterchen nach. „Braucht
ihr eine fleißige Elfenhand, die die
Kräfte des Wassers unterstützt?"

Das Meer freute sich über das
Angebot von Lesedi, bäumte sich
aber auf dagegen.

„Ich höre immer auf den Klang der Wellen, aber von einer Elfe, die zu uns kommen soll, haben sie mir leider nichts ins Ohr gesungen."

„Nein", sagten da auch die Nymphen im Tümpel, „so eine Elfe wie Dich würden wir zwar gerne bei uns haben; weiß Gott bist du wahrhaftig ein fleißiges, entzückendes Wesen – doch wir fürchten Du vergisst Deine richtige Aufgabe, wenn Du vom Rauschen des Baches und dem Glitzern des Wassers abgelenkt wirst."

Glitzern, funkeln, leuchten – kam es da erneut wieder in Lesedi hoch. Und ihr war klar, dass sie sich nun auch von den Wassergeisterchen verabschieden musste.

Soll ich das Leuchten etwa bei den Hütern der Luft und des Windes suchen?
dachte sie und erhob sich ein wenig um leicht mit den Füßen abzuheben.

Das Flügelschlagen der Elfen lässt den Wind wach werden.

Es ist wie ein Händeschütteln bei den Menschen. Und der zarte Hauch einer Elfe
ist für den Wind eine besonders angenehme Begrüßung. „Was möchtest du im
Reich der Sylphen?" säuselte der Wind Lesedi entgegen. „Ich suche das Leuchten
und hoffe es an Deinem Himmelszelt zu finden", antwortete die kleine Elfe.
„Dir gelingt es, mich höher zu tragen, durch die Lüfte zu schwingen."

Ganz sanft nahm der Wind die kleine Elfe mit sich. Er
wusste, dass dieses zarte Wesen mit größter Vorsicht
getragen werden musste.

Und Lesedi war ganz außer sich vor Freude, zauberte mit Vergnügen eine Morgen-stimmung. Gelblich, mit orangefarbigem Schimmer, in den Farben Ihres Kleides. Das gefiel ihr und auch die Menschen machte diese Himmelsfarbenpracht heiter.

Doch dem Hüter der Luft wurde es nach ein paar Tagen viel zu langweilig.

„Ich mag Dich sehr", sagte er vorsichtig zu Lesedi, denn er wollte die kleine Elfe mit seinen Worten nicht verletzten. Mochte er doch dieses liebreizende, zarte Wesen.

„Durch Deine Arbeit kann ich nur noch eine schwache Brise sein",
bedauerte er leise und zaghaft. Lesedi horchte auf. Soweit hatte unsere
Elfe gar nicht gedacht. Sie war mit dem Himmelszauber beschäftigt
gewesen und hatte die Traurigkeit des Windes überhaupt nicht bemerkt.
Sein Wesen wollte halt tobend und brausend sein. Es wäre nicht gut
gewesen ihn darin weiterhin zu bremsen. Doch für ein Elfenflügelschlag
hätte so ein Sturm ganz gefährlich enden können. Womöglich wäre
Lesedi dabei fortgepustet worden. Nein, das wollten beide nicht, weder
der Wind noch die kleine Elfe.

„Danke, lieber Wind",
verabschiedete sich deshalb
Lesedi „Ich denke es ist
besser weiterzugehen. Mein
Wirken ist gut, aber fehl
am Platz wenn es Dich in
Deinem Schaffen hindert."

Langsam begann die kleine Elfe an sich zu zweifeln. *Kann es sein, dass ich mich in meiner Aufgabe irre? Bin ich wirklich für das Leuchten gedacht?*

Je mehr sie sich jedoch gegen die Suche nach diesem Leuchten sträubte desto rebellischer und lauter wurde die innere Stimme in ihr. Sie beharrte liebevoll darauf, dass Lesedi diesen Weg gehen sollte.

Prompt kam der kleinen Elfe dann auch die Idee, die Feuergeisterchen um Rat zu fragen.

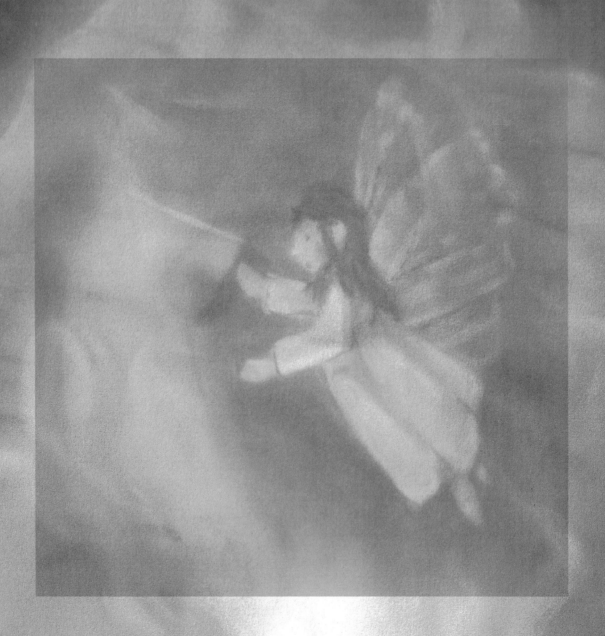

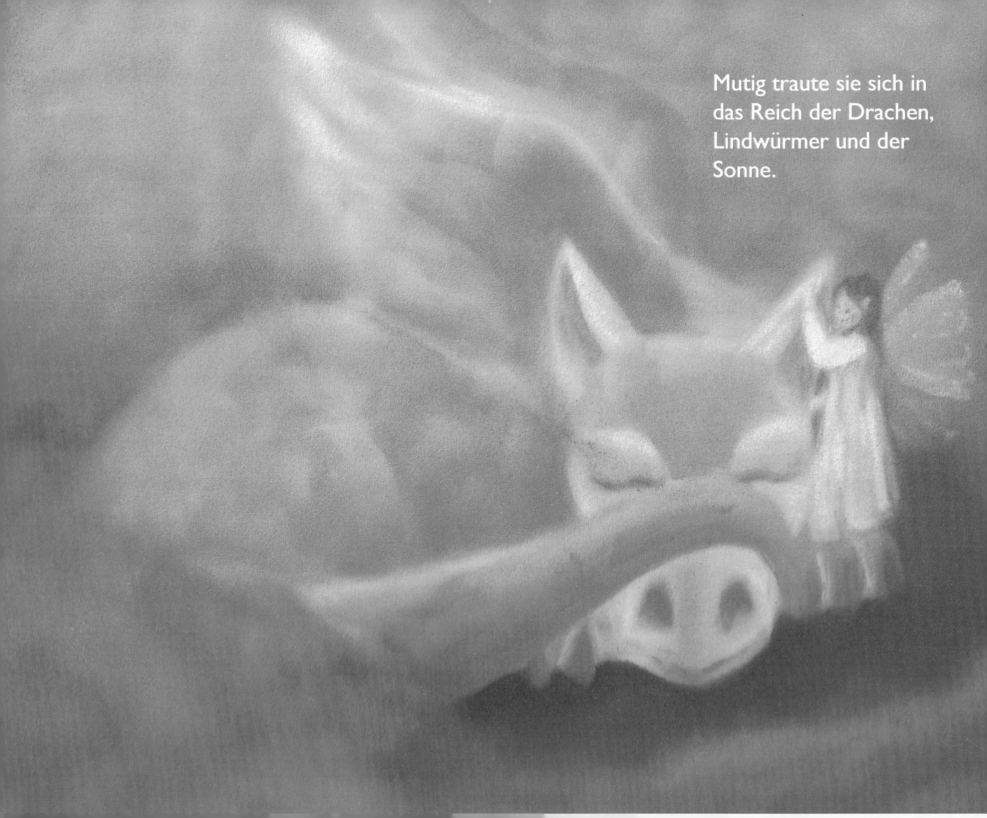

Mutig traute sie sich in das Reich der Drachen, Lindwürmer und der Sonne.

„Ihr feurigen Wesen der Wärme und des Lichts…" so begann sie gerade ihren Satz, als ein glühendes, grelles Scheinen auf sie herabkam.

Schnell huschte Lesedi unter einen Stein, denn die Strahlen waren eindeutig zu grell für sie.

Es war, als ob die kleine Elfe zu lange in die Sonne geschaut hätte. Geblendet konnte sie überall nur noch weiße Punkte erkennen. Erneut kam da die Sorge in unserer Elfe auf, doch nicht für das Leuchten geschaffen zu sein.

Erschöpft und müde von der bisherigen Reise taumelte sie weiter den Steinen entlang, fand glücklicherweise einen kleinen Höhleneingang und begab sich vertrauensvoll in deren Dunkelheit.

Mit einem tiefen
Seufzer schlief sie
schließlich ein.

Mitten in der Nacht, als das Strahlen
der Sonne endlich untergegangen war,
erwachte Lesedi erstaunt und blinzelte in
der Höhle umher. Dunkel und unheimlich
war es hier. Unsere Elfe traute sich
weder aufzustehen, noch wegzulaufen.

Ängstlich und hilflos kam sich Lesedi vor, beinahe schwindelig wurde ihr dabei. Nichts war zu sehen, kein Laut zu hören. Niemand konnte ihr helfen, niemand wusste wo die kleine Elfe jetzt noch hingehen sollte. Sie gehörte weder zu den Erdkräften, noch zu den Wasser- oder Luftwesen. Und schon gar nicht war sie eine Feuergeistelfe. Traurig schloss sie die Augen.

Doch ihre innere Stimme war geblieben. Sie durfte in dem dunkelsten Moment sogar noch lauter erschallen.

Und plötzlich war es Lesedi als explodiere in ihr eine wärmende, angenehme Kraft.

Und… sie fing an zu leuchten.

Sie glänzte, schimmerte, glitzerte, blinkte, spiegelte, funkelte und flirrte von Innen. Die Höhle war nicht mehr dunkel, sie war erfüllt von Lesedis sanftem Strahlen. Leuchtkugeln tanzten um sie herum und die Elfe glühte vor Freude und Begeisterung. Sie wusste nun, was zu tun an der Zeit war.

Und wenn es Dir in Deinem Herzen einmal ganz dunkel zumute ist und Du nicht mehr weißt wie es weitergehen soll, dann kann es sein, dass diese kleine Elfe ganz sanft in Dein Menschenohr flüstert und möchte, dass du Dein eigenes Licht nicht vergisst. Und diesen Dienst macht sie als Ihre Aufgabe gerne für Dich......denn sie liebt es, der Erde und Ihren Bewohnern zu helfen.

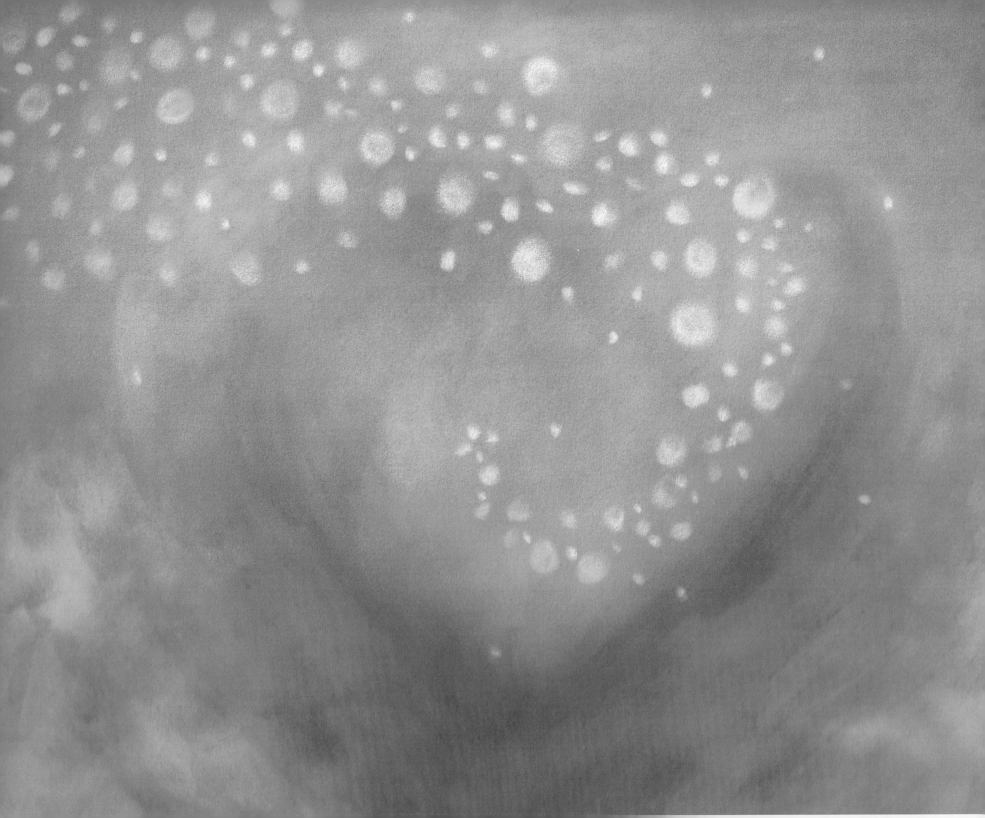

„ In jedem Menschen ist Sonne —
man muss sie nur zum Leuchten bringen.“

Sokrates

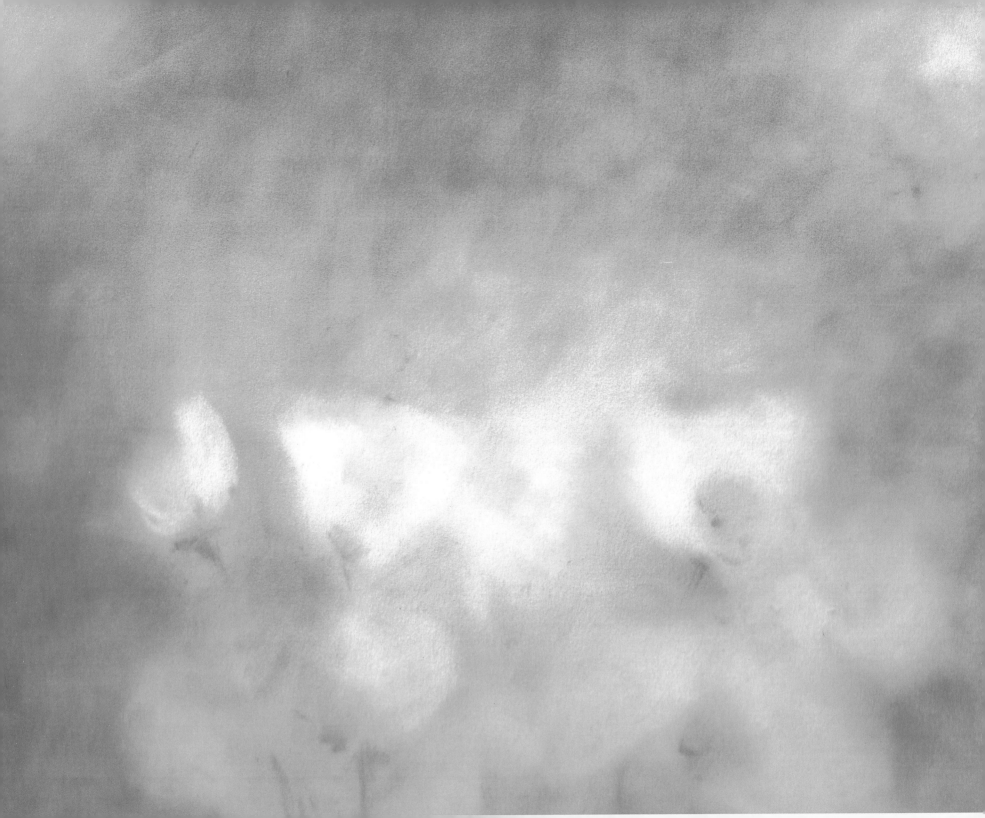

Auch von Tina Chwala:

ISBN: 978-1-63233-001-7

Martha die kleine Schnecke und ihr großes Glück

Folge Deiner eigenen Spur.

Die Schnirkelschnecke Martha sieht sehr gewöhnlich aus. Auf ihrem Weg trifft sie viele andere Tierarten und bewundert deren Fähigkeiten. Über all die Anstrengung hinaus, endlich so gut zu sein wie ihre Vorbilder, vergisst sie wer sie wirklich ist und macht sich klein, zieht sich ein.

Ein Kinderbilderbuch mit der Botschaft: „Du bist richtig wie Du bist!"

ISBN: 978-1-63233-355-1

Wir sind Farbe

Sieh Deine farbige Energie!

Der Körper der Menschen ist ein großes Wunder. Er kann riechen, schmecken, tasten und vieles mehr. Eines Tages bestaunen die Farben dieses Kunstwerk und beschließen ihn jetzt auch noch bunt zu machen.

Sie versuchen viel, um das richtige Muster für ihn zu finden.

Welches Ergebnis wird dabei herauskommen?

Es ist kein Geheimnis, dass der Mensch verschiedene Farben in sich trägt. Viele wissen bereits über die kostbaren Energiezentren Bescheid. Und immer mehr spüren die bunte Kraft, die von diesen Farben in uns ausgeht.

Lightning Source UK Ltd.
Milton Keynes UK
UKRC030958020123
414710UK00002B/4

9 781632 331939